# 茫霧中ê火車

陳明克———著

# 談陳明克台語詩作〈茫霧中ê火車〉及其他
## ——用台語訴說台灣人最深層的聲音

宋澤萊

〈霧中的火車〉
已經掀皮的事務桌蒙了沙
明天用車子運去丟掉吧？

祖父出神坐在書桌邊翻書
轉頭為我擦眼淚
拿糖給我吃
「男孩子不能哭
我們一起去看火車」
風若有若無拂著我的臉
我摸著我像砂紙的短髭

我含著糖果，高興得唱歌
霧停在田野上
或近或遠
祖父的眼睛看著鐵道

3

直看入霧中
火車噴著煙霧像黑熊衝了出來
我在祖父的身後
祖父大口嘆氣嘴裡小聲說
「妳坐這班車嗎？」

「霧是火車噴出來的嗎？」
我陷落在紛飛的霧中
「等你長大我再告訴你」

我拉開抽屜找到幾個簿子
祖父偷偷拭淚
我從外頭走進來要他說故事
祖父說阿雄曾經約美雲到車站等候
想一起去看海
阿雄在車站前遇到一隊士兵
他看到美雲被火車載走
進入了霧中
美雲一次又一次叫他
「美雲是誰？」
「是仙女」祖父拿糖給我

簿子紙張的霉味稍稍散開來
火車站前　不知哪裡來的士兵大聲喊叫
槍聲中，人們哀嚎、跌倒
他遠遠躲在亭子下

不敢靠近去找美雲
槍聲漸漸稀疏
他聽見美雲叫他快走

他躲在棉被裡　發熱畏寒
他從車站走向他的學校
蹲下　變成血水汩汩
而流的屍體　他十分歡喜自己能死去
不是美雲叫他走
是他不敢救美雲
美雲從傷痕的屍體將他扶起
他突然從床上坐起

「上次，美雲彷彿在車窗裡
這次站在車門邊　微笑著
我一直跟隨火車直到變成茫茫的霧」

我聽著火車輾過鐵道聲
水田一畦畦金黃色　鐵道
空空的　火車聲音越來越近
風一頁又一頁掀開祖父的簿子
我看著，「美雲跟我說
男孩子不要哭
不是你害的」

「要打拚！」我彷彿聽到

5

祖父與美雲的聲音
稻秧輕輕搖　火車在遠方
在天邊　彷彿從天上下來

　　上面就是陳明克台語詩作〈茫霧中ê火車〉的北京語**翻譯**；〈茫霧中ê火車〉已經是他這本新詩集的書名了。

　　這首詩敘述了一個悲哀恐怖的故事，可能涉及了228事件。故事的主角如今已經是個老人，年輕的時候，曾經與女友美雲相約在火車站等候，一起去海邊玩。可是當他抵達了車站前，卻看到美雲被一隊士兵押進火車載走，他沒有勇氣去救美雲，從此目睹美雲在人間消失了。事後，巨大的悲劇轉向攻擊他自己的內心，後悔自己的懦弱與貪生怕死，一生噩夢不斷，有時在夢中看到美雲回來，有時甚至譴責自己讓自己死亡。他一直要找到美雲的蹤跡，經常到鐵道來眺望，希望再看到美雲，可惜終其一生都在失望痛苦中。故事的敘述者是他的孫兒，透過了這位孫子的口，把這件事說出來，令人十分動容！

　　這一篇是典型的敘事詩，其實本質上就是就是一篇小說。在這本台語詩集裡，他又蒐羅了5篇書寫228或白色恐怖的詩作，使這類詩的分量變得很足夠，寫作的時間大概是近10年之間。由於都是台灣人悲慟至極的經驗，用長篇故事詩來呈現，使得這本台語詩集變得相當可觀。

　　從這首詩看來，陳明克是一個高明的小說家，乃是敘述文類的高手，外景的描寫栩栩如生，伏筆、懸宕的技法無懈可擊；而事實上，他也是高明的小說家，從他的年表看，在1977年就開始寫小說，1980年小說〈雨日〉發表在《現代文學》雜誌上，後來至少出版了《最後的賭注》與《木棉花的掙扎》兩本短篇小說

集，都是日常生活的寫實作品，精準寫實的描寫是他小說最大的
特色。

　　筆者認為，只有通過他的小說技法的分析，方能真正瞭解他
的詩作。比如從1976年他就寫詩，也出版了很多的詩集；但是他
的詩作其實與寫實小說手法不可分。他的詩作，絕大部分都是外
在景觀的描寫，或者是草、花、地上小動物、天上飛鳥、山、
水、建物……等等的描繪。這些詩大部分都是他日常所看所感，
並不使用一般詩人高深難懂的修辭法，而是使用了小說中的白描
法，把物象直接用分行的手段寫出來，其實就是小說中的景色的
白描寫法。如果我們把陳明克的一生看成一篇小說，他的大部分
詩作就是陳明克這個主角生存環境的外景描寫；他的外景描也就
是在反覆重申陳明克這個主角不可抹殺的「自我的存在」！

　　他的小說化的敘述手法也是一樣。這本詩集裡的5、6首敘述
詩，都是小說的詩體化，技巧都來自於小說。每一首都牽涉了某
個人在大時代的悲劇，故事背景都很動人，如果寫成小說就更可
觀。他的5、6首敘述詩可以等同5、6本小說，技法的運用與小說
是完全一致的。

　　因此，我們可以說，他的這本台語詩集與以前的北京語詩集
的外景描寫一脈相傳，很大部分仍然用台語寫身邊所見的花、
草、小動物、山、水、建物……等等，除了語言不同外，內容與
他從前的北京語相近，乃是為作者的「自我的存在」而寫；不過
他的228或白色恐怖的人事的書寫則是北京語詩所少見的，是為
「他人的存在」而寫，也使這本台語詩集成為不得了的詩集，這
幾首詩深達了台灣人最深的傷痛和恐懼裡，成為民族文學最深層
的一部分……。

　　筆者並非陳明克的研究者，接觸他的文學創作是最近的事，

對他的作品說不上熟悉，本不應該發表意見；但是既然作者一定要筆者寫一寫，筆者只好略作上述數語。筆者要預祝這本書出版成功；又因為這本台語詩集實在太重要了，凡是台語文學的愛好者都來買這本詩集，閱讀它、朗誦它、傳播它！

2021.12.06

# 茫霧中ê一葩明燈
## ——序陳明克的《茫霧中ê火車》

方耀乾

國立臺中教育大學　台灣語文學系特聘教授

　　陳明克教授的《茫霧中ê火車》是伊的第一本台語詩集，伊特別吩咐愛寫一个推薦簡序。承蒙看會起，恭敬不如從命。

　　這本詩集分做五輯：即景篇、草木篇、動物篇、生活篇、和政治受難篇。其中的即景篇、草木篇、動物篇、生活篇的詩作攏是明克兄佇日常生活中的觀察，是有所感和有所思的情思和哲思。詩篇大多數較短，毋閣詩意真厚、思想真深。這毋是一般的台語詩人佇第一本的台語詩會當達成的懸度。政治受難篇當中有一寡詩作的篇幅相對有較長，是以敘事詩的形式書寫。詩中會當看出對受難者的同情、同理和敬意。可貴難得的是，明克兄毋是用潑狗血的書寫風格來呈現，牽挽之間，分寸的摸揀真四序。伊的文字風格樸實，毋過佇伊的詩句當中定定會出現突出的意象，意料之外的哲理，若像佇茫霧當中看著一葩明燈咧閃爍。

　　明克兄是台灣詩壇的資深詩人，寫詩已經有數十年，是清華大學物理學系的碩士、博士。捌擔任國立中興大學物理系的教

授，這馬已經退休。伊退休了後，大量以台語書寫詩作，成績突出，我真推薦這本詩集。

2021.12.23
臺中教育大學求真樓

# 目次

## 輯一

## 輯二

# 輯一

# 城市ê春天

打馬（點仔）膠路邊
有一枝草仔鑽出來
開出一蕊黃花

車一台一台駛過
風烏白走
花敧*來敧過去
若親像beh栽落去

為著土跤內面ê春天
beh ui花蕊爬出來
草枝拼性命徛直

2008/3

《海翁雜誌》82期　2008/10

---

\* qī，傾斜。

# 隱密ê溪

花園花一蕊一蕊開
花葉頂面露水閃熠
伊徛tī花欉內微微仔笑
m知tī想啥
長長ê頭鬃若溪水勻勻仔流

我行倚去
想beh牽伊ê手
入去花園無人行踮到ê所在
遐有一條流bē停、若水晶ê溪

風微微仔吹
花輕輕仔搖
伊目睭內面若溪水teh流
伊伸手予我

Lian去ê花蕊颺颺飛
我giú著凋涸涸ê樹枝
空lo-lo ê街仔
風咻咻叫

我雙手扶壁　無氣力thang行
是茫霧抑是風飛沙？
路燈規排若菅芒花the-beh飛

遮是第幾擺？
我敢行bē kàu永流ê溪邊？

2009/10/11

《海翁雜誌》102期　2010/6

# 海埔的水

莫催
我當咧看海墘[1]
彎彎斡斡[2]踅過
一个擱一个沙崙的流水

會當及時流入去
唅著海湧的日頭？

2012/11/30

《台文戰線》30期　2013/4

---

[1]　hái-kînn，海濱、海岸。
[2]　uan-uan-uat-uat，形容不直、多曲折。

# 未來

未來又閣贏矣？
開正一蕊翠蘆莉
開佇坦敧*的壁空邊

2013/8/30
《台文戰線》34期　2014/4

---

\* khi，形容人或物體側向行走、倒臥或擺放的狀態。

# 鳥鼠

相倚相湠[1]的大樓下跤
走揣[2]空縫
軁[3]來軁去的我
啥物時陣變做鳥鼠？

煞金金仔看紺色的天
若棉仔的雲
一蕊一蕊飛過大樓

2013/8/30
《台文戰線》34期　2014/4

---

[1]　thuànn，蔓延、擴散。
[2]　tsáu-tshuē，尋找。
[3]　nǹg，穿、鑽。

# 日頭照入來

阮佇遮出出入入
日頭落西的時陣
會照著走廊窗仔門
阮對門縫偷看

我猶咧趕報告
等咧愛講予經理聽
伊會一直問

是啥物人大聲嚷
「公司賺的
是攏提去佗？」
我戇戇¹恬恬²徛著
經理無聽著？
一直催我講落去

日頭照入門縫
若親像照佇草仔埔

---

¹　gōng-gōng，發愣的樣子。
²　tiām-tiām，安靜無聲。

我雄雄想著囡仔時陣
和尾蝶仔飛落
予欲落山的日頭
照甲通光
拄開的野花

2015/2/13

《台文戰線》30期　2015/7

# 雨

落一陣雨
樹仔跤
花落甲規塗跤

亦落佇遠遠的草仔埔？

啊
是草仔
相爭咧開花

2015/11/22
《台文戰線》41期　2016/1

# 活落去

拄著雄雄變寒
干焦*會當開一工的花
花瓣收縮
展袂開

這款的花
拼命欲活落去

2015/12/4

《台文戰線》42期　2016/4

---

\* kan-na，只有、僅僅。

# 吊佇空中

墜落的油桐花
予蜘蛛絲網著

迷迷茫茫
佇空中幌來幌*去
伊想起夢中
啥人對伊講
「只要無落土
就會永遠花當開」

伊幌甲茫茫渺渺
想講無定是
「只要花當開
就會永遠袂（bē）落土」

2016/5/15
《台文戰線》55期　2019/7

---

* 　hàinn，搖擺、晃動。

# 土埆厝的黃昏

割掉的稻仔
擱暴芽
無閒佇抽懸*
田邊的土埆厝
戀戀看啥物？
身軀敥一片
有時陣
擋袂牢　唉一聲
疼

干焦日頭猶記得伊
共伊披一領
薄薄的徛黃的外套

2016/11
《台文戰線》45期　2017/1

---

* 　thiu-kuân，植物的莖幹抽高。

# 秋天暗暝的雨

秋天的半暝
是啥人遠遠行過來？
佇窗仔外
輕輕仔行來行去

輕聲細說，對我？
講啥物？

喔，只不過是雨

是欲晚仔
我戀戀仔看
夕陽染紅的雲？
來應我

2016/11

《台文戰線》45期　2017/1

# 成吉思汗的大身尩仔

攏無去啊
干焦賰[*]
成吉思汗的馬仔跤蹄
欲踏著山尾溜

2017/8/9

《台文戰線》50期　2018/4

---

[*]　剩餘。

# 秋天的風

秋天
黃錦錦的葉仔
微微仔掣<sup>*</sup>
若欲落落來

煞攏大聲喝
笑咳咳
飛起來

啊！猶是落落去

風只是
戲弄in

2017/12/29

《台文戰線》56期　2019/10

---

<sup>*</sup>　tshuah，發抖。

# 土墭厝

土墭厝死去矣？
天欲光的時陣
厝瓦墜落
塗粉颺颺飛[1]

逐家[2]攏相信
土墭厝真正死去矣

干焦菜籽仔
閣一大陣圍佇
土墭厝前開花

等伊睏醒
等伊第一句話
大聲喝，啊！遮媠[3]著

2018/8/16

《台文戰線》52期　2018/10

---

[1]　iānn-iānn-pue，胡亂飛揚。
[2]　tak-ke，大家。
[3]　suí，漂亮的、美麗的。

# 彼目瞬仔<sup>*</sup>

花開彼目瞬
我袂記得閣再問
時間為啥物
潘潘流

2018/11/30

《台文戰線》53期　2019/1

---
<sup>*</sup>　bak-nih-á，形容時間很短。

# 秋天

蜘蛛戀戀啊看
落佇蜘蛛網
徛黃的葉仔

喔！秋天生做
按呢

2018/12/1

《台文戰線》53期　2019/1

# 相思仔的心

春風軁入去相思仔
目睭仔遮目睭仔�

目睭仔遮目睭仔遐
僥來僥去

哪會揣無
相思仔的心

黃錦錦的細蕊花
噗噗落

啊！予春風挵破的心

《台文戰線》59期　2020/7

# 輯二

# 破厝的春天

無人蹛的破磚仔厝
圍起來做壁的破帆布
寒甲直直交懍恂[1]

倒落來的破磚仔角
翠蘆莉歡歡喜喜
開一蕊
　　勼水[2]的細蕊花
佇一息仔的日頭跤

2014/2/14

《台文戰線》35期　2014/7

---

[1]　ka-lún-sún，身體因受驚、害怕或寒冷而發抖。
[2]　kiu-tsuí，縮水。

# 刺桐

密뿌뿌¹的樹林內
彼欉樹仔佇佗？
我定定袂記得

連伊生作啥款
會落葉麼
亦毋知
干焦知樣
看袂著樹尾

我踅來踅去
踏過落葉
為著彼个少女
舊年伊抾落佇土跤
若火的花瓣
掖²向天頂
伊佇花雨中跳舞
樹跤彼个阿婆吟唱啥？

---

¹　bat-tsiuh-tsiuh，形容非常緊密，沒有空隙。
²　iā，撒。

啊！遮濟欉若火一葩一葩
湠開去
In是按怎著覕*起來？
踏著落葉的聲
若in幽幽的怨嗟

2015/5/21

《台文戰線》39期　2015/7

---

\* 　bih，躲、藏。

# 花

落佇路的花

予人踏甲爛糊糊

啊！一直行向遠遠的所在

2015/8/25

《台文戰線》40期　2015/10

# 一蕊花（1）

日頭光毋放棄
一直欲入去
樹欉內面

尾仔總算開一蕊花
日頭光煞袂當
留落來

2015/9/27

《台文戰線》41期　2016/1

# 櫻

唉──！為著欲看
青笛仔
攑頭金金看
伊向下跤開花

2017/1/23
《台文戰線》46期　2017/4

# 花的眠夢

樹蔭內面
烏暗的桌頂
花蕊落落來
偌久啊

啊！佇陷眠呢
摸\*照著伊的日頭光
欲跳舞

2017/2/23
《台文戰線》46期　2017/4

---

\* khiú，拉扯。

# 秋天的草

秋天徛黃的草
予風吹甲連鞭*睏
連鞭醒
伊臆，遮敢是
最後一暝

透早露水就佇
叫伊

2017/2/23

《台文戰線》46期　2017/4

---

\* 　liâm-mi，馬上，立刻。

# 油桐花的拍醒

阮一直佇睏
若親像無吾

聽著春風佇遠遠
若神行過來
我拼命傯*出來

菅芒花佇風中
越來越去
佮啥？
講啥物？

2017/2/23

《台文戰線》46期　2017/4

---

* 　tsông，慌亂奔忙。

# 花的聲

毋管花
當咧開
抑是蔫[1]去
花毋捌[2]歡喜喝出聲
也毋捌哭

是按怎
袂當為家己出聲？

為花怨歎的人
聽袂著
花落的時陣
花輕輕叫出聲
走向大地

2017/2/23
《台文戰線》46期　2017/4

---

[1] lian，枯萎、乾枯。
[2] m bat，不曾。

# 紅拂草

紅拂草予風
吹甲花攏落了了
規欉若竹耙仔

毋過，一遍閣一遍
倚向西照日
想欲承
落落來的日頭

In咧罵我？

這个人
是按怎毋鬥跤手？
干焦恬恬看
日頭咧落？

2017/4/18

《台文戰線》56期　2019/10

# 眠夢的樹仔

夢見花咧開
烏暗的坑崁[*]內
咧欲死去的樹仔
予日頭照著

2017/6/1

《台文戰線》47期　2017/7

---

[*]　khenn-khàm，山崖、山谷。

# 稀微的草埔

矮矮的草仔
直直湠向天邊

雄雄拄著
塗跤徛起來
成做一座小山崙

成做山的塗跤
是按怎四周圍看？
佇等待啥？
草仔佇山跤
毋敢peh上山

山和草仔攏
寂寞起來

2017/7/12於蒙古國
《台文戰線》50期　2018/4

# 焦燥花

只要共花
倒頭吊幾工
就袂花謝落塗

若按呢
花哪毋按呢開？

2017/8/10
《台文戰線》56期　2019/10

# 一蕊花（2）

啥人會要緊一蕊花？

一蕊花謝去
連鞭閣有一蕊花開

2018/8/16

《台文戰線》52期　2018/10

# 水傷的花

雨停矣

水傷
發袂轉來的花
猶毋肯放棄

2017/6/3

《台文戰線》54期　2019/4

# 風的珠淚

風鈴花無張持[1]
予風拍交落
綴[2]風轉踅
輕輕仔怨歎

風真酷刑
猶直直逐

啊──毋是按呢
是花輕輕咧拭
看袂著的
風潽潽滴[3]的珠淚

2017/8/26
《台文戰線》54期　2019/4

---

[1]　bô-tiunn-tî，突然、冷不防。
[2]　tuè，跟、隨。
[3]　tshap-tshap-tih，滴個不停、滴滴答答。

# 春天的稻仔

這時陣稻仔
攏恬恬佇眠

袂搖來搖去
若一陣陣水湧
欲逐彩雲

彩雲是為啥物
佇空中排列
戀戀仔等待

2018/4/27
《台文戰線》54期　2019/4

# 心事

苦楝樹仔跤
入暝花就愈芳
愈親像水佇搖

毋過會予花芳
迷去的蜂佮尾蝶仔
攏睏去呀

是心事
是密睏睏的花
講袂出來
走袂出去的心事

2019/3/21
《台文戰線》57期　2020/1

# 落葉

葉仔咧落的樹跤
伊攑頭揣啥人？

風拍散
落佇伊跤邊
彼片葉仔的怨嘆

《台文戰線》58期　2020/4

# 田膨花

足想欲看田膨花
棉絲匀匀仔飛起來

毋敢問伊
敢會使替我
輕輕仔共棉絲歕*起來

啥物時陣我
煞變成
伊的田膨花

《台文戰線》58期　2020/4

---

\* 　pûn，吹。

# 相攬

斑芝花
一蕊紲[1]一蕊落落去
攏金金看人
行過去

葉仔佇風中落落墜
碇碇蹁[2]走過來
佮花攬牢牢

《台文戰線》59期　2020/7

---

[1] suà，接、續。
[2] phîn，又唸作phiân，因暈眩、貧血、醉酒等原因而走路不穩。

# 菜籽仔花

一蕊菜籽仔花
徛甲懸懸
是咧看晚霞？
大樓佇遠遠的
烏雲邊仔

伊予人挽落來
插佇大樓內
茶桌仔頂
一支瘦抽[1]的花矸[2]

伊眍眍看[3]窗仔外

2019/1/16
《台文戰線》60期　2020/10

---

[1] sán-thiu，形容身材細瘦、高挑。
[2] hue-kan，花瓶。
[3] nih-nih-khuànn，形容焦急、渴望而直視前方的樣子。

# 無按時

一蕊無應當開的
風鈴花予風弄醒
共風揙咧跳舞

伊掠做
風欲焄[1]伊去
神應允的所在

規欉風鈴花
攏綴咧開

煞雄雄予風揀[2]走
捽落去塗跤

「咱竟然是
無按時開的花」

2020/8/18

《臺江臺語文學》36期　2020/11

---

[1]　tshuā，帶。
[2]　sak，推。

# 流水

佇水咧流的樹葉
知影流水
知影in會沉落

我感覺in
咧哭咧笑
In對流水
有時陣輕輕仔
講耳空話
有時陣躘*來躘去
欲愛水按in的意向行

毋過流水
毋知影有樹葉
嘛毋知影
家己直直行

---

* liòng，亂踢、滾踢。

我知影
時間嘛是按呢

2020/8/19

《臺江臺語文學》36期　2020/11

# 徛黃

為著欲予
毋捌見過的櫻花
開甲滿滿

樹葉仔毋但徛黃
閣急咧落向塗跤

哎呀！in叫是*
塗跤遐的花是
櫻花

2020/11/19
《台文戰線》61期　2021/01

---

\* kiò-sī，誤認、以為。

# 落雨暝

瓊花唰欲開
雨刁工[1]兌狂落

才開一暝爾爾
是按怎袂使？

為啥物雨直直沖
蔫去合起來的花瓣？
啊！喝講佇沃花[2]

瓊花覕佇夢中
偷偷仔開

是按怎學袂曉
沃花？

2020/11/23
《台文戰線》61期　2021/01

---

[1]　thiau-kang，故意。
[2]　ak-hue，澆花。

# 落雨時陣的花

聽著落雨霎仔<sup>*</sup>
叫是啥人
輕輕行過來

大開的花
等啊等
毋知影家己
已經予雨拍落塗

《台文戰線》062期　2021/04

---

<sup>*</sup>　hōo-sap-á，毛毛雨。

# 暗暝

暗暝一步閣一步
行過來

野草開花
偷藏倚西的日頭光
瞇瞇看天邊

天欲光進前
煞恬寂寂蔫去

竟然無落落去
竟然恬恬結子

《台文戰線》062期　2021/04

# 春夢

夢中伊是九層塔

九層塔夢見
尾蝶仔遠遠飛過來
雺雺霧霧[1]

九層塔想起
進前的夢
伊是人
伊好奇夢會按怎
紲落去

伊竟然又閣仔開花

「我是啥人？」
是人抑是九層塔？
詬詬[2]問

《台文戰線》062期　2021/04

---

[1]　雺霧bông-bū：霧。
[2]　kāu-kāu，重複嘮叨說不停。

# 風鈴花

風雄雄踅頭
雄雄變寒
起狂

風鈴花交懍恂
覺醒
毋是開花的時陣

佇予風
拍落落去的時陣
猶是堅持
美麗的墜落

《臺江臺語文學》38期　2021/5

# 落塗

油桐花毋知
為啥物就是歡喜
笑微微欲飛落

佇塗跤
一片白茫茫的花
傷心攑頭瞄瞄看
想欲跳起來

就是按呢
咧欲落到塗跤
才著生驚
袂當飛

《台文戰線》063期　2021/07

# 水茄苳

是按怎揀佇
欲暗仔開花

紅霞細聲佇叫伊
In是一對愛人仔？

水茄苳
若放煙火大開
毋過飛袂起來

攏落落去矣

紅霞為著伊
飛過來
煞落落水池仔

花干焦落佇塗跤
離水垺遠遠

茫霧中ê火車

# 輯三

# 紅絳絳的天

風颱咧欲來的時陣
粟鳥仔[1]歇佇電火線
頭歪歪金金看

欲暗仔日頭紅絳絳
囡仔攑捶仔枝
佇水溝仔邊
逐飛來飛去的田嬰[2]

粟鳥仔攑頭看
愈來愈紅的天
田嬰忝[3]矣　愈飛愈低
囡仔的目睭紅記記
伊勼甲若一丸膨紗

2012/6/20
《台文戰線》28期　2012/10

---

[1]　tshik-tsiáu-á，麻雀。
[2]　tshân-enn，蜻蜓。
[3]　thiám，累。

# 唐麻丹山的面容

為著欲看伊
是毋是親像夢中
對我
文文仔笑瞇瞇仔看

我閣再peh上崎*
按坑坎邊密𩙻𩙻的樹仔
一直揣

雄雄就來到
最後的上崎
閣看
袂著伊

一隻刺毛蟲佇
坎坷的石崎

---

\* tsiūnn-kiā，上坡。

身軀弓甲懸懸
若山尾溜文文仔笑*

2014/2/14
《台文戰線》35期　2014/7

---

* bûn-bûn-á-tshiò，微笑、淺笑。

# 恬寂寂的燕仔

雺霧佇遠遠的田裡
若像貓跜[1]咧遐
慢慢搵一逝
唯一的一逝電火柱過去

一陣燕仔飛落電火線
吱吱叫佇吵啥物
突然間規陣亂飛亂傱

只賰一隻燕仔
恬恬看雺霧
一步一步淹過秧仔
遮爾恬
伊底時[2]開始按呢？

2014/2/21

《台文戰線》35期　2014/7

---

[1]　khû，蹲。
[2]　tī-sî，何時、什麼時候

# 斑鴿

斑鴿綴暗頭仔的日頭光
伊的翼股通光
若暗黃的日頭光
輕輕飛落我的窗仔口

輕輕一聲一聲叫
是向我？
伫講啥？問啥？

斑鴿啊
妳欲飛去佗？

照伫窗仔口的日頭光
輕輕徙位[*]
漸漸消失

2015/2/17
《台文戰線》40期　2015/10

---

[*]　suá-uī，變換位置。

# 無著時

無著時的花
毋信

伊等待
摔落去
徛黃的葉仔的尾蝶仔
飛向伊

2015/11/25
《台文戰線》41期　2016/1

# 窗仔前的火金姑

一隻火金姑
佇無人蹛的磚仔厝
窗仔門前孤單咧飛

和我同款
等待囡仔時陣的我
行近窗仔門

火金姑欲飛去佗？
變做颺翼佇飛的馬仔
頭攑懸懸看向天頂

是按怎干焦
載走
囡仔時陣的我

2016/5/15

《台文戰線》43期　2016/07

# 風颱過了

風颱過去的透早
一隻尾蝶仔
佇倒落去的樹仔
樹枝樹葉內面
揣花

2016/11/4

《台文戰線》47期　2017/7

# 頭頕頕<sup>*</sup>

為著欲揣草
攏一直頭頕頕
直直行
直直食

彼隻牛雄雄
行向小山崙仔頂懸

揣無草啊
伊頭攑懸
看日頭欲落

2017/7/9於蒙古國

《台文戰線》50期　2018/4

---

<sup>*</sup>　tàm，低垂。

# 佇油菜花的蟲

頭頜頜佇油菜花欉
四界[1]揣幼葉仔
我愈行愈遠
離開嘻嘻嘩嘩[2]的同伴

若像卷蚨的葉仔
一隻蟲佇花莖
拍結毬[3]
油菜花輕輕仔
懃來懃[4]去
感覺疼？

一隻蜜蜂飛過來
佇花坱若親像跳舞
踅踅[5]飛
是愛人咧邀請跳舞？

---

[1] sì-kè，到處。
[2] hi-hi-huā-huā，嬉鬧、喧嘩。
[3] phah-kat-kiû，線條纏繞。
[4] sìm，上下晃動、上下彈動。
[5] seh，來回繞行、盤旋。

我毋敢喘氣
慢慢仔倚近花
啊！神是按呢創造

「猶有你！」

我嘛是一隻蟲
驚喜花遮爾媠的
蟲

2017/10
《台文戰線》50期　2018/4

# 粉鳥的暗頭仔

啊！粉鳥
對神的懷中
飛起來

神的光
輕輕啊摸
粉鳥予風
吹倚起來的毛
粉鳥咕咕　咧唸詩
失去光彩的雲
重生成為彩霞

啊！粉鳥
為啥物離開彩霞？
密密結做夥
對準颺來颺去
若彩霞的旗仔
踅圓箍仔

彼毋是彩霞
彼是人
一面撲[*]旗仔
一面米
一粒一粒掖出來

2018/5

《台文戰線》051期　2018/7

---

[*]　iat，揮動。

# 春天

路邊兩排斑芝樹
花當咧開
雄雄一蕊一蕊
重重摔落來

春天欲走啊？

半空中，斑芝花內面
一隻青笛仔探頭落來

啥是春天？

2013/3/8
《台文戰線》40期　2015/10

# 苦楝仔花

**1.**

苦楝仔開花的時陣
白頭鵠仔*戀戀ah揣
佗一蕊花？

**2.**

透早一隻尾蝶仔
雄雄醒起來
予無張持大開的
苦楝仔花包圍
毋准伊離開

叫是伊創造in

---
\* peh-thâu-khok-á，白頭翁。

**3.**

一層閣一層
苦楝仔花內面
一隻尾蝶仔飛袂起來

醉甲茫去ah

**4.**

苦楝仔花內面
飛無路的尾蝶仔
聽著啥物？

煞愈飛愈入去
密喌喌的花內面

## 5.

一隻尾蝶仔的翼
必痕破空
猶咧攕起攕落

伊一直佇
一捾[1]閣一捾的
苦楝仔樹子內面
趖[2]來趖去

我和伊
是按怎一直鼻著
苦楝仔花的芳味

《台文戰線》57期　2020/1

---

[1]　kuānn，計算成串的東西。
[2]　sô，閒蕩、遊蕩。

# 暗暝

暗暝
風佇田內面
做啥物？

一隻尾蝶仔佮
一蕊菜籽仔花相攬
金金仔看
遠遠的一絲仔光

2019/1/5

《台文戰線》60期　2020/10

# 菜籽仔花佮尾蝶仔

菜籽仔花佮
尾蝶仔相罵：
「你騙我
春天來佇佗？」

一邊罵
菜籽仔花
猶原直直開
尾蝶仔嘛
直直飛

敢講春天真正
來矣

2020/11/20<br>《台文戰線》61期　2021/01

# 箍起來

是毋是箍起來
若飼雞飼鴨
粟鳥仔
就會變做精牲*?

用紅帶仔
圍起來的田園
據在粟鳥仔飛來飛去
粟鳥仔
綴起湧的稻仔
佇咧湧呢

按呢啊就愛
派飛行機戰艦
來踅田園囉

2020/11/21

《台文戰線》61期　2021/01

---

\* tsing-senn，家中豢養的家禽或家畜。

# 欲暗仔

欲暗仔花拄欲開
尾蝶仔煞飛袂起來

傷慢來的愛情

《台文戰線》062期　2021/04

# 火流星

暗頭仔
開花的草仔埔
尾蝶仔那像交懍恂
飛來飛去
毋知欲飛去
佗一蕊花？

尾仔總算飛落去
恬恬看彼蕊花
無閣再飛起飛落

是火流星？
咻咻叫傱過來
牠著驚翅揚起來
雄雄閣合倚放落來
花共伊講啥物？

火流星煞無墜落
是戰鬥飛行機？

趕走敵人的飛行機
按西南爿*轉來

《臺江臺語文學》38期　2021/5

---

* pîng，方向。

# 田螺

「是田螺呢？」

彼个查埔跍佇田岸
干焦顧咧抾[1]田螺

細粒電火球仔下跤
人影浮浮
啥人拈針
攑[2]田螺肉出來
囥[3]入去我的碗

爸爸佇烏影內面
行過來

我聽著
我做囡仔的聲

---

[1]　khioh，拾取、撿取。
[2]　giah，挑。
[3]　khìg，放。

「爸──
你佇佗掠的？」

我跕咧看
予風微微仔吹的田螺

彼个查埔人輕輕行過
恬恬無應我

《台文戰線》064期　2021/10

# 老人和粟鳥仔

佇看紅霞的老人
感覺紅霞
咧對伊講話

伊走來走去
毋過趕袂走粟鳥仔
伊聽無
紅霞講啥物？

伊呑甲袂振動
煞聽著
粟鳥仔和紅霞
咧開講

《台文戰線》064期　2021/10

茫霧中ê火車

# 輯四

# 窗仔門

## 1.

趕緊換衫趕欲上班的我
看拄開的茉莉花
一隻尾蝶仔按花蕊
飛落去花坩
我行到窗仔門邊
伊若棉紗的跤佇坩仔墘
行踏　身軀敲來敲去
看啥看甲神神[1]？　翅敲一片
險險[2]仔跋落去塗跤

我煞恬恬仔看
尾蝶爬轉來花坩頂面

---

[1]　sîn-sîn，心神恍惚。
[2]　hiám-hiám，差一點、險些。

## 2.

吳仔也定定坐佇邊仔
頭敲敲看阮相諍
伊目睭無神　毋知人佇佗？

阮定定吵啥物款製程上好
彼和獎金、月給有關
經理煩甲攑雷射筆起來指
銀幕頂面數字膏膏纏
青紅光走相逐　揣無路

經理細聲叫吳仔
「你看，按怎較好？」
吳仔定定親像按遙遠的所在
雄雄轉來　目睭金起來
亂操操的數字佇伊目睭內排隊

我起先看伊無
尾仔向望伊緊轉來

## 3.

走廊內日頭光愈來愈暗
吳仔果然閣倚佇窗仔門邊
若親像綴袂著日頭的烏影

「董仔揣你　唸經理講
毋盡心盡力作工課
欲按怎生存？」

吳仔共我的肩胛頭揀一下
伊叫我看城內雺霧罩牢的大樓
看日頭欲沉落去的所在

彼一片金鑠鑠的所在是海？
行徙的烏點是船？
欲靠岸抑是欲出港？

日頭焐開　佇海面散糊糊
伊行向電梯　越頭詠我

「你按佗坐船來？欲去佗？」


**4.**


尾蝶仔半截身軀探出去看啥
我敢若看到吳仔探頭出去
伊雄雄按窗仔落入去雺霧

雺霧內面一隻尾蝶仔飛出來
尾蝶仔佇花蕊踅來踅去
我叫是彼是吳仔
我瞪力捒開窗仔　　雄雄
衝出去　尾蝶仔颺颺飛
我聽著董仔佇罵人


2011/11/10初稿；2013/6定稿
第三屆臺南文學獎台語詩類
《台文戰線》36期　2014/10

# 頂層下跤層

行出改札
猶是和一堆人kheh做伙
慢慢行到柱仔跤
我倚佇柱仔
人若親像霧霧中的烏影
一个一个憂頭結面

我揹的皮包仔愈來愈重
遲的面試通知
資遣抑是改派去中國的通知
敢會嚙我的尻脊骿*?

有人捒著我
我蹁來蹁去
走出簾簷跤
看到懸懸的看板
有一个喙笑目笑的查某囝仔

---

\*　kha-tsiah-phiann，背部。

日頭光佇伊身軀邊
跳來跳去

彼是頂層的人？
面憂面結的人若海湧
佇我的四周圍
遮是下跤層

2012/11/30

《台文戰線》30期　2013/4

# 細漢的世界

含奶喙仔的囡仔
目睭瞪大大
蹌來蹌去行向花欉

佇伊身軀邊
傱來傱去的細隻狗仔
對颺颺飛的尾蝶仔傱去
一隻尾蝶仔飛落狗仔
金熠熠的目睭邊

囡仔扞狗仔
向落去　倚向尾蝶仔

In目睭內面的世界
同款媠同款細漢

2013/8/30

《台文戰線》34期　2014/4

# 外位來的人

## 1.

恬寂寂的半暝
干焦嬰仔哭袂停
我抱嬰仔佇客廳行來行去
阿玉軟膏膏髲*佇膨椅
尿苴仔佮牛奶矸仔咧欲落落去
我的影佇壁頂一時近一時遠
若揣無路看無熟似人

壁雄雄倒退
我佇生份的車路佮
滿四界的人內面
In咧大聲喝啥？
我也攑同款的旗仔
喝講，袂使拆阮的厝
人影旗仔影若陰魂
暗雺雺毋知欲去佗？

___
* the，身體半躺臥，小憩。

## 2.

起先按呢跋[1]落生份的所在
是初初來遮个城市
坐公車欲去註冊
車廂變成搣[2]來搣去的箱仔
佇荒廢的巷仔路亂踅
四周圍的人若風中的樹影

然後，我佇會議室外口的走廊
將測試報告交予經理
經理面青恂恂[3]　手咇咇掣[4]
踅踅唸毋知唸啥？
會議室內面的同事變成生份人
目睭瞪大若枵甲過飢[5]的野獸
毋知欲搶啥？

---

[1] puah，跋。
[2] tshik，上下用力搖晃。
[3] tshenn-sún-sún，指因為受到驚嚇，而使得臉色發青、蒼白。
[4] phih-phih-tshuah，因恐懼或寒冷而身體發抖。
[5] 枵過飢：iau-kuè-ki，餓過頭。

**3.**

我熟似的世界毋是按呢

透早媽媽牽我去幼稚園
露水金熠熠
趒[1]起來我的褲跤
媽媽親像日頭光
我和囡仔伴幌韆鞦
彼个世界有時近
有時遠　佮阮走相逐

有時陣阿玉文文仔笑
花芳若有若無
伊輕聲叫我　食早起

有時陣經理笑哈哈[2]
搭阮的肩胛頭招呼逐家

---

[1]　tiô，彈跳、跳動。
[2]　tshiò-hai-hai，哈哈笑。

捀¹點心咖啡一个一个予阮
「予總仔呵咾²著」有人細聲講
「經理！請大頓仔喔！」
「今年獎金加倍喔！」
經理和逐家笑甲面紅記記


**4.**


走廊空lo-lo　我踅來踅去
想起彼一工外口暗漠漠
阿公才斷氣就若柴杚仔
外口白布條予風搧來搧去
若阿公梢聲³咧喝
「遮是阮的田」
活活人走去佗？

---

1　phâng，用手端著。
2　o-ló，讚美、表揚。
3　sau-siann，聲音沙啞。

一陣下班的作業員行來
In的笑聲若經理in
逐日見面做夥
毋捌相問真正的內心
「你敢就知你的心？
不定奪只是一个空縫」
是啥人講的？
作業員亂嘈嘈走過


**5.**


我猶閣佮人咧大聲喝
路燈下跤人影必叉
佗一个是我？遮是佗？
「猶毋轉去做工課？」
是經理？佇黑影內面？
我起跤就走
陣陣黑影圍過來

我毋知走到佗？
阿玉和媽媽一前一後
若生份人行過
路燈下跤我看到我
一隻手無去
我趕緊摸面揣心
我大聲哭出來

嬰仔哭一聲
我將伊mooh絚<sup>*</sup>
我咧陷眠？阿玉
對膨椅內面的烏影坐起來
「歹勢！我毋知影你轉來」

2013/8/31

《台文戰線》33期　2014/1

---

<sup>*</sup>　mooh絚（ân）：抱緊。

# 雙耳草

阮公司的大門口
台北草溫馴甲
覆佇土跤的草仔埔
突然間雙耳草
一四界躘懸

趁連紲落十幾工的雨
發出來的？
阮遮爾予人倩的[*]
頭頕頕對大門行入去
幽幽仔有淡薄
講袂清楚的歡喜
再三越頭看雙耳草
向日頭展開雙手
抑是咧攕手
叫躊躇的雙耳草？

「親像手的耳仔」

_____

[*] tshiànn--ê，被雇用的人。

敢按呢？
「In著愛溫馴若草仔
干焦需要日頭和水
管待[1]伊是耳仔抑是手
攏愛予我用」
董仔用伊胖奶[2]的指頭仔
匀匀仔擉薰屎[3]
細聲佮財務長講
「用工廠去抵押啦
銀行一定會予咱貸款
較趕緊咧
共彼塊田捽起來
免偌久欲重劃」

董仔閣大聲講：「今年
景氣歹，欲委屈逐家囉
拜託逐家閣較拍拼」

---

[1]　kuán-thāi，理會。
[2]　hàng-ling，嬰兒肥。
[3]　tiak hun-sái，彈菸灰。

我攑手欲質疑伊
逐家煞綴財務仔
大力拍噗仔
毋知啥人佇我耳空邊講
「耳空直直無斡[1]迵[2]手
雙手上gâu拍噗仔」

雙耳草佇渰開？
規草埔懸懸企起來
我閣歡喜閣煩惱
In雙手撬來撬去
毋是拍噗仔
是創啥？

「毋是款！揣人薅薅[3]掉」
董仔氣怫怫[4]摔薰吹

---

[1] uat，轉彎。
[2] thàng，穿透。
[3] khau，從土中拔除花草類的植物。
[4] khì-phut-phut，氣沖沖。

廠長頭頕落去耳仔覆覆
我趕緊講：「免開彼號錢
我去借除草機予工友」

董仔笑哈哈
攬我的肩胛頭
「毋知摸啥？
誠煩！閣再摸啊！
啊！你等一下來揣我」

我期待啥物？
雙耳草會閣再發？
同事突然圍佇大門口
發甲滿四界的雙耳草
雙手攑懸懸
向in摸手？

2014/6/18
《台文戰線》43期　2016/07

# 親像天堂的草埔

## 1.

車箱內人亂紛紛徛起來
In行入罩雺落雨的街仔路

阿俊袂和in同款

實驗室人一个一个離開
我催阿俊趕緊收桌頂
伊閣重排實驗
欲看另外一个現象
「我佇遐親像天堂的草埔」
我想著在跤球場予人黜倒的疼

## 2.

阿俊佇隔壁桌文文仔笑
我呅呅掔直直問

「是按怎叫咱莫做工課?!」
伊的面紅絳絳
歡喜甲一直講
「我閣揣著閣較好的辦法」

逐家噝舞噝呧<sup>*</sup>　敢會欲裁員？
聽講大官要求　愛拖過大選
「啊——！哪會叫咱佇遮等」
吐氣聲若外口風褸入來

經理跤步浮浮行入來
激笑面佇林仔桌邊
搭林仔肩胛　毋知講啥
林仔雙手吣吣揳收桌頂

阿俊猶歡歡喜喜佇拍字
經理一遍閣一遍入來
愈來愈像亡魂

---
<sup>*</sup>　tshi-bú-tshih-tshū，說話小聲怕別人聽見的樣子。

目珠毋知看佗
查某同事細聲哭　有人
雄雄起來閣頭頷頷坐落來

經理的跤步聲漸漸倚近
我覆佇桌頂祈禱
　　同事的哭聲突然若牛佇吼
　　咧予人摸出去牛牢？
經理佇我身邊停一下閣行過
呸呸掣叫阿俊
阿俊嚓嚓趙*講伊揣著的辦法
我傱過去挵走經理　喝講
「敢講阮無夠拍拚？」

阿俊雙手直直幌
kheh過來共我擋咧
「安啦！我會為逐家
揣著親像天堂的草埔」

_____
* tshiak-tshiak-tiô，朝氣蓬勃的樣子。

## 3.

窗仔外霧嗄嗄　　人影相疊
阿俊文文仔笑共我搝手？
伊揣著親像天堂的草埔？
我蹁啊蹁傱向車門
跳落去打馬膠路

雨若雰霧一陣一陣咧走相逐
阿俊消瘦落肉　　頭犁犁
人一大陣我想欲軁過去
兩爿一直抽懸的大樓是妖怪？
喙瀾[1]水大港大港沖落來
人一陣一陣若沐沐泅[2]的鳥鼠

---

[1]　tshuì-nuā，口水、唾液。
[2]　bok-bok-siû，在水中掙扎，載沉載浮的游。

阿俊又閣笑又閣跳
伊揣著啥？

2014/7/25
《台文戰線》37期　2015/1

# 露水

佇夢中
我是一枝草
孤單埋佇
吵鬧的草仔埔

是啥人共我戴
一粒圓滾滾
金爍爍的
露水？

2016/4/16
《台文戰線》47期　2017/7

# 煮飯花

田岸邊煮飯花
愣愣看我
晚霞和規排的厝
愈來愈霧

風微微吹過
煮飯花

落啥物出來？

「媽媽咧叫咱
轉去食飯？」

弟弟佇佗？
雄雄按呢問我

2016/4/16
《台文戰線》44期　2016/10

# 重生

阿德閣擲掉鑿仔[1]
雙手摸來摸去
若看無柴箍[2]
伊連白頭毛嘛汗涵涵滴

往過他摃鑿仔
若風吹過樹葉
人客目睭瞪大若牛目

阿德吐大氣：「往過
攏是廢物！我是咧活啥物？」
伊哭袂出聲共柴箍攬牢牢
hiù開我的手
趕我走

人客猶閣佇客廳
嘻嘻嘩嘩：「足予人感動呢
甲死猶抱嬰仔抱牢牢」

---

[1]　tsām-á，一種用來鑿切或雕刻的工具。
[2]　tshâ-khoo，一截一截成段的木頭。

「有夠嬌！金金看的安和阿嬤
送我？拜託咧！彼是死人骨頭！」
「誠成柴刻的啊」

人客大小聲笑
阿德咧搰鑿仔？
愈來愈緊愈有力

欲暗仔日頭光內面阿德
佇坐咧的查某人周圍踅來踅去
查某人傷心咧看伊抱的嬰仔
阿德一下一下搰鑿仔
查某人煞若像咧祈禱

人客kheh入來相爭喝價
阿德亦咧祈禱？
跪佇幼嬰邊仔
In目睭坮水光閃爍

阿德閣活矣

我對人客講:「遮無愛賣!」

2016/7

《台文戰線》44期　2016/10

# 都市人

佇路邊等公車
對面的大樓
暗漠漠日頭照袂著
若山相連作夥

慢慢攑頭起來
想欲看天
大樓一層一層疊起去

田膨花頭也攑懸懸
佇等日頭光？

我袂赴<sup>*</sup>
和田膨花講話
公車共我載走

2016/11

《台文戰線》45期　2017/1

---

<sup>*</sup>　bē-hù，來不及、趕不上。

# 垂楊路

風微微仔吹
若軟戳戳*的柳枝
輕輕仔搧我
食老的喙頓

少年時陣趕欲上課
搧著我的柳枝
去佗位矣？

驚傷著我？
變做風？

2018/8/16

註：垂楊路佇嘉義市。

《台文戰線》52期　2018/10

---

* nńg-sìm-sìm，軟綿綿。

# 弟弟的相辭

予我質問
是按怎閣辭頭路？
弟弟恬恬行轉去房間
媽媽哭甲目箍紅，講
弟弟由在¹伊叫
佇罩霧的路愈行愈遠
行入欲磕著土跤的
月眉

我質問的聲
佇房間內面踅來踅去
跍佇壁角的弟弟徛起來
行入雄雄裂開的壁空
無越頭　恬恬等我

伊的背影有時雾雾霧霧
我起步走兇狂²追
囡仔時陣的伊突然摸我

---

¹　iû-tsāi，隨便、任憑。
²　hiong-kông，慌張。

指十五半月，細聲講
飛去月娘遐應當就會使
看清楚咱的世界

弟弟佇保養場
規身軀衫油膩膩[1]
按車跤攄出來
媽媽踅踅唸　衫遮爾
垃圾　欲按怎洗
弟弟四界問
啥人提伊的家私
雙手揜[2]後的人　含唇
文文仔笑
雄雄抽懸強欲拄著厝頂
弟弟佇in烏影內面踅袂出去
「你閣佇貧惰啥！」頭家大聲喝

---

[1] iû-leh-leh，油膩膩。
[2] Iap，藏、遮掩。

我兇狂叫弟弟，閣再忍耐想對策
伊行向車唊*人的街仔路
軁來軁去　送報紙
頭頕頕閣對工場行出來
佇人群中無去

我著生驚四界揣
煞綴一陣人按補習班教室出來
頂半身探出走廊的牆仔
樓跤人密匝匝相挨相唊
弟弟佇佗位？我佇佗位？
遮是咱的世界？若雞牢
雞仔撲翼相捅相啄
相逐相搶飼料
我拚性命揀
想欲按人群內脫逃

---

* 　kheh，擁擠。

弟弟伸手摸我出來
微微仔笑　掠我金金看
伊雄雄變成一陣火薰*
佮月眉做夥消失

2018/8/11
《台文戰線》53期　2019/1
第六屆台文戰線文學獎

* hué-hun，煙塵。

# 布袋戲

空lo-lo的應公廟前
一隻狗仔恬寂寂
看顧一塊椅頭仔

等啥人
來看布袋戲

2018/8/18

《台文戰線》54期　2019/4

# 紅霞

紅霞低甲
咧欲落落去塗跤

我走過去
等欲
共伊抾起來

火車按紅霞內面
衝出來

是按怎攏無沐*著？

美麗的紅霞
一落地就無去

2017/12/10
《台文戰線》54期　2019/4

---

\* bak，沾染、沾汙。

# 製造夢的儂

伊行過的所在
攏變做夢

我落落去一个一个夢
走袂出去

伊佇夢的頭前
夢的外口

2018/12/3

《台文戰線》55期　2019/7

# 眠夢

猶是毋出聲
伊恬恬行入去夢

無張持煞越頭
文文仔笑
輕輕仔叫我
伫我按眠夢
捽出去的時陣

2018/12/3

《台文戰線》55期　2019/7

# 徛黃的竹仔

坑崁內的竹仔
一模閣一模徛黃

唯一的紅瓦厝
猶是
無人行出來

2019/3/9

《台文戰線》55期　2019/7

# 春天的法術

論真，春天干焦
共花叫醒

吸引蜂
飛來逝櫻花
嘛哫青春少年家
坐跕花當開的
樹仔跤
戀戀啊相花
若變做另外一个人

毌過老歲仔頭頕頕
毋肯過來

彼隻飛行機
哪飛入去花內面？
煞一目睭仔就予春天
變做蜂

啊！老人
會變做啥物？

2019/4/7

《台文戰線》56期　2019/10

# A.I.天使

伊打開電
金金看
形體若天使的A.I

等待天使飛落來

伊等甲睏去

外口
一隻尾蝶仔
一直撲翼
一直撞玻璃窗

2019/5/18
《台文戰線》55期　2019/7

# 石舂臼<sup>*</sup>

竹管的彼頭
雄雄敲落去
水瀉入去舂臼

噴起來的水花
竟然含細細蕊的
水紅花瓣
落倒轉去

伊拄好經過
伊留落來的倒照影
變弄花瓣
敢若咧跳舞

思念伊的時陣
想起伊的倒照影

---

<sup>*</sup>　tsioh-tsing-khū，用來舂米的石臼。

春臼青苔發甲滿滿
落佇青苔頂懸的花瓣
踅神瞴瞴仔看我

《台文戰線》58期　2020/4

# 行春

災瘟飛過海矣？

田內面
當唊開的波斯菊
等到欲暗仔
才看著
一陣人佇
若海的花欉內面
那浮那沉

波斯菊歡喜甲搖來搖去
欲倚過去

遐的人
雄雄跳起來
飛起來
啊！是一陣厝鳥仔

2020/1/29
《台文戰線》58期　2020/4

# 大災厄

災瘟按
潘朵拉的盒仔飛出來
猶閣揣啥物做夥出來？
捼破玻璃窗仔
守衛覕佇壁角呅呅掣

敢會是大災厄？

遮的攏予in暗崁*去
干焦當做是
貪食野味的小可代

地球猶毋知
就暗矣
烏紅的晚霞是
天流出來的血
人開始一个一个
喘大氣嗽袂停

---

\* àm-khàm。

毋過彼是啥人
猶原替稻仔
共露水掖落去

2020/5
《台文戰線》59期　2020/7

# 露水星

伊哼講看無天星
輕聲唸：「敢毋是講
咱人一出世
神就替伊點著一粒星
一直到伊死去」

我牽伊坐落來
等到伊袂堪得*煩
才雄雄共草埔照光

「哇！誠濟露水珠仔
變做星矣
⋯⋯毋過神哪會使按呢
露水干焦一目瞬呢」

---

\* bē-kham-tit，禁不起、無法承受。

# 浮浮沉沉

下班了後
欲來轉的我
雄雄佇欲暗仔的街仔
揣無路
毋知欲去佗

無應當佇遮的
一隻尾蝶仔
敆敆飛來飛去
佇路邊踅玲瑯[1]

阮攏金金看
光影觸纏[2]
一棟淡一棟
看袂著尾溜的大樓

《台文戰線》59期　2020/7

---

[1]　seh-lin-long，繞圈子。
[2]　tak-tînn，糾纏、麻煩。

# 挲草

日頭斜西的時陣
忝歇睏的後生
做夥挲草的老貨仔
才徛起來

伊金金看伊的後生
佇水內面
撈啥物？

是日頭啊

伊那看那笑
想起伊少年時
伊嘛撈袂起來

2020/8/21

《台文戰線》60期　2020/10

# 咖啡紅矣

啉[1]咖啡的時陣
門口埕[2]有人
喝講咖啡紅矣

我啉的咖啡
煞若有果子的芳味

捌做抓耙仔
彼个同窗
　伊掠做無人知
佇line呵咾
香港警察四界掠人
呵咾一帶一路
偉大的祖國欲閣
徛起來矣

---

149

捌予伊監視的同學
唅的咖啡
是啥物滋味？

2020/11/19

《台文戰線》61期　2021/01

# 玉山日出

烏暗到底有
偌深偌闊？
徛佇玉山主峰
山頂尾溜的我
驚跋入去
烏暗的無底深坑
毋敢振動

烏暗敢有破空？
日頭敢講會
放棄矣？

日頭光雄雄跳出來
目睭仔就揣著
覗佇石頭空縫
共石頭揞*牢牢的我

---

\* 　mooh，緊抱、緊貼。

# 櫻花咧欲落矣

櫻花咧欲落矣

坐佇輪椅的老人
看著彼个少女
伊的初戀
徛佇花瓣頂懸
對伊文文仔笑
金金看
等待起風

想欲飛去佗？

《臺江臺語文學》38期　2021/5

# 雨霎仔

聽著落雨霎仔
我趕緊起來
驚雨霎仔驚著
閣溜旋
我躡腳尾
輕輕仔行

我掩掩揜揜uì窗仔
偷看著伊佇門口埕
輕輕咧摸草仔
若捋頭毛

伊發現我
越頭對我文文仔笑
月光親像幼紗長巾
按伊的頭毛
流落去瘦梭的肩胛

細聲對我講啥物？
伊輕輕磕著的草

露水熠仔熠
若天星落落草仔

我熱甲醒起來
落雨聲煞雄雄無去
毋過猶聽著伊
細聲一直祈禱

《台文戰線》063期　2021/07

# 上課鐘聲

毋知影第幾擺
行過空闣闣[1]的校園
佇走廊內予
家己的跤步聲
綴牢牢

入去教室
對若目珠的鏡頭
家己踅踅唸

我像往過拍拚
有時仔講笑詼
「著算講睏去
嘛欲目珠褫[2]金金」
彼个鏡頭對我金金看
是佗一个學生？

我聽著毋捌聽過的

---

[1]　lòng，非常寬闊。
[2]　thí，張開、展開。

上課鐘聲若
古早的教堂咧摃鐘
走傱的跤步聲
佇走廊內面
若海湧衝過來
嘻嘻嘩嘩
毋知佇講啥？

學生走入教室
猶大聲笑
喝講：「老師！老師
阮揣無路
險險揣袂著教室」

我險仔忍袂牢笑出來
想欲罵in
煞講出：「好啦！是恁揣著
揣無路的老師」

我轉踅過去

佇黑板那寫那講
「有看著無？
這个定律予咱看著
宇宙永遠袂變的媠」
我一擺閣一擺越頭問
若柴頭的學生

「老師！這馬是錄影中
干焦我遮佇」
鏡頭後壁
助教大力擽手

神啊
祢予我看著未來？
遐無災殃
人不管時攏會笑

# 災瘟

佇厝內隔離，伊那來那愛
坐佇窗仔邊
看伊意愛的城市
　　日頭光的化身
這馬人和一棟棟大樓
定定浸佇雺霧內面
伊等無人攑頭揣伊

隔離的第七工
城市佇雺霧中無去
伊大聲喝　干焦家己的應聲
走甲空閬閬　伊予人放捒矣

日頭光共露水攬咧
飛向伊
伊感覺伊著災死去矣
阿珍煞按露水走出來
佇樓跤一聲閣一聲
叫伊的名

伊走到窗仔邊
一陣人攏手大聲喝
「咱做伙！做伙反抗病毒」

無人放揀伊
阿珍目箍紅紅
玫瑰花攑懸懸
向伊攏手
躡跤尾、跳起來

《台文戰線》064期　2021/10

茫霧中ê火車

# 輯五

# 茫霧中ê火車

翹皮ê事務桌崁[1]著風吹沙
明仔載欲車去擲？

阿公神神坐佇桌邊掀冊
越頭替我拭目屎
提糖含予我
「查埔囡仔袂使哭
咱來去看火車」
風若有若無吹著我ê面
我摸著我若砂紙ê嘴鬚

我含糖仔歡喜甲唱歌
茫霧恬恬徛佇田洋邊
有時行近有時行遠
阿公睛睛看鐵枝路[2]
直直伸入去茫霧中
火車噴煙噴霧若黑熊衝出來
我匿佇阿公ê後壁

---

[1] 崁：khàm，蓋。
[2] thih-ki-lōo，鐵路。

162

阿公吐大氣佇嘴裡細聲講

「妳坐這班？」

茫霧敢是火車噴出來ê？

阮陷落浡浡¹飛ê煙霧中

「等你大漢才佮你講」

我挩²開桌屜揣³著幾本簿仔

阿公偷偷拭目屎

我按外口走入來吵伊講古

阿公講，阿雄約美雲佇車頭相等

欲去看海

阿雄佇車頭前遇著一陣兵仔

伊看著美雲予火車載走

進去茫霧中

美雲一遍閣一遍叫伊

---

¹ phū，液體冒出來；噴撒液體或粉狀物。
² 挩：thuah，拉。
³ 揣（tshuē）著：找到。

「美雲是啥人？」
「是仙女」阿公提糖仔予我

簿仔紙臭殕[1]味微微仔散開
火車頭前　毋知佗來ê兵仔大聲喝
銃聲中，人哀吼、跋倒
伊遠遠匿佇亭仔跤
毋敢倚近去找美雲
銃聲漸漸櫳[2]
伊聽著美雲叫伊緊走

伊匿佇棉被內面　發燒畏寒
茹唸伊對車頭走向伊ê學校
un落[3]　變成血水chhâm-chhâm
流ê屍體　伊足歡喜伊會當死去
毋是美雲叫伊走
是伊毋敢救美雲

---

[1]　tshàu-phú，霉味。
[2]　櫳：lang，稀疏。
[3]　un落：癱軟蹲下。

美雲對堅疤ê屍體扶插伊起來
伊雄雄佇眠床坐起來

「頂擺，美雲恍惚佇車窗仔內
這擺伊徛佇車門邊　微微仔笑
我一直綴到火車變成白茫茫ê雲霧」

我聽著火車軋過鐵枝路
水田一區一區金熠熠　鐵枝路
空long-long　火車聲愈來愈近
風一頁一頁掀阿公ê簿仔
我看著，「美雲共我講
查埔囡仔毋通哭
毋是你害ê」

「愛拍拼」我恍惚聽著
阿公和美雲ê聲

秧仔輕輕仔搖　火車遠遠
佇天邊　若對天頂落來

2009/9/30

《笠》277期　2010/6

# 若田膨花的聲

彼陣我和一堆人做夥
叫是我大聲喝
會予覕佇鐵刺網內面
和外人私定契約的大官
著驚

伊佇偏僻的所在
點火燒家己
伊大聲喝
人才圍過去
伊的傳單予火
燒甲颺颺飛
和伊的喝聲
一目nih仔攏無去

伊規世人講的
外省官毋捌聽入去
總統欲簽啥物？
甘願無名號
甘願拆國旗

伊搦*一堆傳單
行向記者
記者若看袂著伊
一个一个
按伊身驅邊行過

密約一項一項簽
阮喝甲梢聲
竟然也若田膨花
颺颺飛
毋管飛去佗
攏無去
總統規工奸臣仔笑

伊向我擛手
欲叫我看啥？
啊！伊的喝聲

---
* lak，用手緊握。

若田膨花四界飛
四界落四界開花

2015/12/3
佇2015.12.12草屯劉伯煙紀念會唸詩
《台文戰線》42期　2016/4

# 展示櫃搝搝<sup>*</sup>捙

## 1.

展覽室的燈光
按佗來？
火光佮烏暗膏膏纏
那行那看的人
佇光的邊界
若予風吹入來吹出去

干焦展示櫃
漚黃、滿四界縐痕的
日語詩集、手稿恬寂寂
佇超現實中存在

展示櫃雄雄搖來搖去
是詩人跂踏詩句
行來行去？猶像二戰後
猶咧揣新世界？

---

<sup>*</sup> lōo，因為不牢固而動搖。

**2.**

伊金金看按窗仔口
敆敆流落來的日鬚
劉仔捶心肝大聲嚷：「遮爾貴
讀這種雜誌會當抵抗法西斯？」
伊逐劉仔到門跤口

兵仔車一台一台掠狂駛過
車尾塗沙粉颺颺飛
伊驚惶倒退煞陷入櫳仔內*
劉仔佇走廊予人拖咧行
彼本雜誌散了了　按窗仔口
日鬚　一頁一頁飛入來

伊一張一張抾起來
有人予落落來的紙擗著

---

\* lông-á-lāi，牢房裡。

大聲喝，遮啥僻話？你寫的詩？
「死刑可也」

紙內面伊的詩搖來搖去
紙若伊的翼　撲起撲落
順日鬃飛向光的源頭


## 3.

伊漸漸倚近光的源頭

喔！伊的家後　頭毛幌啊幌
咧拭伊的詩集佮
展示櫃的玻璃
金滑的頷頸後是光的源頭

In不時金金仔對看
卻是白茫茫看攏無

干焦看見展示櫃搧搧摲
詩句噗噗跳
　欲將in的時空摸做夥

一个查埔囡仔軁出來
　按玻璃橱仔下跤
　挵著白頭毛的老人
　詩人的囝　拄咧講：「
連判決書嘛無」

彼个細漢囡仔笑哈哈
「我按鏡內面行出來」
後壁綴一个細漢查某囡仔

2019/7/1
《台文戰線》57期　2020/1
第七屆台文戰線文學獎

# 彼簇頭毛

## 1.

我一定是夢見轉去
我逃生的南美農場
伊徛佇樹林邊瞇瞇看

日頭光敲敲照入樹林
伊若燕仔褸來褸去
我下性命逐
踏著樹根滑倒
伊雄雄越頭文文仔笑

我煞徛佇椅頭仔，喝
「咱台灣人愛做家己的主人」
伊輕輕仔掰開頭毛
連鞭予人鬮著
連鞭掠我金金看
我一直揣伊

**2.**

伊按樹仔後出來
頭毛佇日鬚下跤金爍爍

我走閃袂掉的跤步聲
閣佇尻脊後踅來踅去
我一手揅伊送我的百合花
牽伊拚命走
日頭光佮伊
哪雄雄親像葉仔飛無去？
我一直欲掠颺颺飛的樹葉
想欲按遐揣著伊
煞予暗漠漠的烏影掠著

## 3.

伊鉸<sup>*</sup>一簇含日頭光的頭毛　予我
伊孤手抱的嬰仔大聲吼
伊細聲講，無疑國語老師是匪諜

我著驚雄雄醒過來
緊掀開字典
伊的聲音突然無去
我佇鐵枝窗仔的烏影內面
毋敢哭　將伊的頭毛攬牢牢
In閣來欲押我去逼口供

## 4.

我閣再著驚醒過來
猶關佇監牢內

---

<sup>*</sup>　ka，用剪刀將物品裁割。

伊綴微微風行向我　苦笑
「遮嘛予你
予人掠去刑場的時陣
予阮查某囝摸落來的頭毛」

我大聲嚎毋過無聲
伊跍落來輕輕拭我的目屎
我揀伊緊走
「妳會閣予in掠著」

櫳仔門雄雄開開
若翼的日頭光內面　伊
插佇頭毛的百合花強欲通光
伊幼聲講：「出來囉，咱自由矣」
我走向伊　監牢若地動崩落來
伊喙笑目笑，「我予你的頭毛
彼簇無予人槍殺的　你藏佇佗？」
風微微仔吹
伊的頭毛

177

一遍閣一遍颺過我的喉頓
百合花的露水落向我的目珠

「藏佇金龜樹仔跤　四十年前埋的」
我大聲喝，著一驚醒過來
對儂入來、插*我起來的侄仔
講：「較緊咧，緊炁我去女中」

踏著塗跤的時陣
我閣聽著伊佇耳仔邊
講：「毋通哭！咱真正自由矣！」

2019/7/26

《笠》333期　2019/10

---

*　tshah，從腋下扶起。

# 漏洩秘密的人

## 1.

彼陣，伊只是中學生
透早予人叫起來
露水一粒一粒飛向伊
仙女文文仔笑揀伊緊去
「緊去說服in」
仙女慢慢飛入去雺霧

湯桑笑面問伊，「睏有好否？」

「請一定落山做夥戰鬥」
伊徛直，雙手合倚向頭行禮

「毋過，in敢毋是講
攏是誤會，家己人好參詳……
何況你沒紮[1]「批」高鄉長目頭結結[2]

---

[1] tsah，攜帶。
[2] kat-kat，緊皺眉頭的樣子。

「*毋是按呢！in佇等救兵*
*昨昏阮閣去進攻機場*
*伊講，恁若來，連鞭就會當解決*
*……是，是我家己透暝走來*」

「按高雄趕過來的軍隊
雄雄su-tó-pù[1]，機場附近
嘛誠恬靜」湯桑電話园落越頭講

## 2.

昨暝伊行向外口的樹林
光按仙女尻脊後
敲敲流入暗毿[2]的山路
花一蕊閣一蕊咧開
伊按落向伊的露水看著

---

[1]　su-tó-pù，停。
[2]　àm-sàm，形容地方陰森森的。

去講和的使者予人綑縛
佇驛頭前跪落去
血霧向伊

伊走入去仙女展開的翼

伊猶是看著生份的所在
湯桑和鄉長綴槍聲覆落塗跤


## 3.


「恁若無做夥戰鬥
In就會攻入城
佇驛頭前屠殺
恁……會佇生份的刑場……」

伊雄雄想著伊輕聲講
「好！毋過袂使講出去」
伊著驚　嘴趕緊掩咧

電話兇狂大聲叫
湯桑著生驚:「啥物?使者予in掠起來」

湯桑共伊的手拎*牢牢,「傷慢矣」
「你欲轉去作戰?!」湯桑那徛直向伊行禮
那下令斷路備戰


## 4.

伊蓋毯仔坐佇輪椅
金金看日頭光敧敧
照入暗毿的走廊

我毋信伊講的彼个仙女
煞佮露水慢慢飛落來
伊行過來　輕輕颺起來的翼
發出輕柔的白光

---
* gīm,把東西緊緊地握在手中。

路邊，花一蕊一蕊醒過來
我看著伊目睭內面
我，中學生，黐黐突突[1]
「是按怎毋阻擋？是按怎予
無力頭的我　看著未來？」

伊佇輪椅踅踅唸：「攏是我害的
是按怎毋是我死去？」
伊想欲摸我　目屎含咧手攑袂懸
「侵略者會假做共口灶[2]」
我搭嚇倒退　仙女雄雄無去

## 5.

日頭光應當擋佇幾尺外
這擺煞照著伊的跤

---

[1]　thi-thi-tuh-tuh，吞吞吐吐。
[2]　kháu-tsàu，戶、住戶。

「喔！妳總算來矣
原來，妳佇等我
無驚惶講出來」

伊雙手伸向日頭光
若像予人摁起來
伊文文仔笑跤迒出去

伊綴雄雄倒退的日頭光
笑咳咳欲行出走廊

我佇幻眠？聽著伊問講：
「逐家攏原諒我未？」

《台文戰線》60期　2020/10

# 行向佗

**1.**

我綴一陣人恬恬轉斡
路邊逐片窗仔攏有日頭
毋過袂熱嘛袂鑿目

人閣再和齊唱聖詩
伊無張持出現
輕輕揀我的肩胛頭
我想無，是啥的喪禮？

**2.**

我頭頕頕寫作業、看禁冊
感覺耶穌佇十字架咧看我

伊行倚　我細聲問
「是為按怎阮祈求智慧
智慧果敢毋是禁果？」

伊跔落來，「嘛著靈巧若蛇」
耶穌佇伊尻脊後微微仔笑


**3.**

伊佇路頭閘咧，「恁莫去祈禱會」

學校內面教官佮
颺颺飛的布條
若烏影咧逐我
掠做我按美麗島遊行轉來？

我行倚近伊，「阮會曉靈巧若蛇」

才過去的聖誕禮拜
逐家猶佇唱聖詩的時陣
有人大聲喝
傱入來將牧師摸出去
伊走向前欲阻擋

煞予人偃倒輾向驚惶的信徒
有人呼求主：「主耶穌，祢佇佗？」

「阮欲踮你的身軀邊，保守你
In會閣來！……」

「袂使！主干焦呼喚我」
伊輕輕捒阮轉去

有人佇教會門口踅來踅去
阮戀戀看伊徛直、行過去
彼是in？
閣欲來教會掠人？


**4.**

禮拜煞，聖歌隊猶佇唱歌
伊頭毛白鑠鑠，跤步累累碎碎
予伊後生插咧坐落來

才食一喙就嗾著[1]
嗾袂停　殘殘揀走碗盤
目屎含咧金金看

「主啊！是按怎按呢對待祢的
下跤手人？」
伊雄雄凝心幌頭
毋過輕輕對我搖頭

伊佮我攏按呢僥疑[2]主？

## 5.

「尾仔，咱一定會當趕走豺狼」
伊佇我的耳空邊輕輕仔講
我著一驚，「你底時好矣？」

---

[1]　tsak-tioh，被嗾到。
[2]　giâu-gî，猜疑。

牧師佇墓壙*邊祈禱
輕聲講伊的一世人

是伊的喪禮？
伊揬著咧欲輾落墓窟的我
「是我的？」伊幌頭、文文仔笑

「毋通輾落去，著愛行向光」
伊細聲講
等我徛在，伊雄雄毋知行去佗

《臺江臺語文學》37期　2021/3

---

\* 　bōng-khòng，墓穴。

# 暗暝香港

暗暝一步閣一步
行倚去

少年人大聲喝
傱來傱去
輾桌仔去巷仔口
向烏暗擲汽油彈
火光佇佪身軀
閃爍

佪走過去的時陣
開花的野草
綴佪蕩蕩幌
嘛欲走過去

終其尾*干焦
矐矐看火光

---
\* tsiong-kî-bué，最終、終究。

佮天光
恬恬蔫去

《台文戰線》062期　2021/04

茫霧中ê火車

# 附錄 〈窗仔門〉評審評語

林央敏

　　〈窗仔門〉這首誠特別，是這屆所有參選的台語詩內面較明顯有敘事性情節的詩，嘛是這屆得獎作品內面唯一無用歷史或歷史人物做題材的詩。這種有情節故事的小品詩自古以來就是漢語（含華、粵、台、閩、客……等語言）文學的稀品，主要原因是：欲敘述情節、佮欲塑造有詩質的文句足困難，所以古今詩人多數干單有能力寫抒情詩、哲理詩、詠史詩等等無情節的小品，較無愛寫、嘛較無法度寫史詩（epic）、故事詩。這首雖然抑袂當叫做故事詩，但明顯有事件情節佇進行，我加這種詩叫做「小說詩」或「記事詩」，這首〈窗仔門〉用隱藏作者「我」的目睭來描寫一個叫做「吳仔」的同事，這位吳仔是一個有內涵、有原則、袂虛花、袂隨便佮世俗滾絞的人，但這種性格的人也歹置社會生存，最後行向自殺。這首詩的句讀嘛真媠，對人物、景緻佮動作的描寫攏真幼路佮形象化，用尾蝶仔暗示主角吳仔的間接式映襯誠成功。較可惜的所在是，作者無將造成吳仔自殺（跳樓）的心理佮外在衝突點刻劃較濟、較明咧，致使詩（以及予讀者）的強度有稍寡弱去。

註：〈窗仔門〉於2013獲得第三屆臺南文學獎（台語詩類）

茫霧中ê火車

語言文學類　PG2707　秀詩人96

# 茫霧中ê火車

作　　者 / 陳明克
責任編輯 / 姚芳慈
圖文排版 / 黃莉珊
封面設計 / 劉肇昇

發 行 人 / 宋政坤
法律顧問 / 毛國樑　律師
出版發行 / 秀威資訊科技股份有限公司
　　　　　114台北市內湖區瑞光路76巷65號1樓
　　　　　電話：+886-2-2796-3638　傳真：+886-2-2796-1377
　　　　　http://www.showwe.com.tw
劃撥帳號 / 19563868　戶名：秀威資訊科技股份有限公司
　　　　　讀者服務信箱：service@showwe.com.tw
展售門市 / 國家書店（松江門市）
　　　　　104台北市中山區松江路209號1樓
　　　　　電話：+886-2-2518-0207　傳真：+886-2-2518-0778
網路訂購 / 秀威網路書店：https://store.showwe.tw
　　　　　國家網路書店：https://www.govbooks.com.tw

2022年2月　BOD一版
定價：250元
版權所有　翻印必究
本書如有缺頁、破損或裝訂錯誤，請寄回更換

讀者回函卡

國家圖書館出版品預行編目

茫霧中ê火車 / 陳明克著. -- 一版. -- 臺北市：
秀威資訊科技股份有限公司, 2022.02
面；　公分. -- (秀詩人 ; 96)
BOD版
ISBN 978-626-7088-21-0(平裝)


863.51　　　　　　　　　　110020959